ただそれだけで

Fujiko

文芸社

私の心から
こぼれ落ちた想いの破片《かけら》たちが
時間を超えて
どうかあなたの心に届きますように

ただそれだけで

ほんの少し見方を変えれば
見えてくるたくさんのこと

想いが溢れるほどに
言葉はさまよってしまって

ぶつかったり
はねかえったり

思い描くようには
伝えられなかったりで

あんなことを言ってたけれど
そこには
どんな思いがあったのだろう

人を傷つけないためだけに
自分を傷つける人だった

大好きだったところが
変わっていってしまう
大好きだったこころが
変わっていってしまう

やるのもやめるのも
人それぞれの自由

思ったことを全部
伝えたいとは思わない
多分二度と
会えなくなるわ

好かれたくない人には
近寄らないにかぎるね

ここまでしかこれなかったのは
ここまでのふたりだったから

言いたくないこと
言われたくないこと
言わなくていいことって
あるよね

その人にだからこそ

自信は大切
過信は大変

慣れてしまわなければ
いいことっていっぱい見つかる

あっちにも
こっちにも
そっちにも

静かな静かな拒絶
そういう人だから
今も魅かれるけれど
静かな静かな別離《わかれ》

安心するための思い込みは
不安だけを成長させる

見つめ合って
近づき合って
背中合わせで
遠くなれたなら

無理したっていい
望んだ不自然なら
無理じゃないもの

無理しないでね
自然のまんまで
もう充分だから

わりきれないのが
人の心
わりきれないから
人の心

ひとりぼっちは
誰だって恐いわ

とても好き
だから
とても大事
その想いに
私は私を任せてきた

たしかにそのために
さみしく思うことも
少なくはなかったけど
それはそれで
そうでよかった

今も
変わらない
何も

こたえは
ひとつしか
ないのでしょう

正直でいるより
優しい嘘を知る

はりつめれば
はりつめるほど
からまわりしがち

もっと
遊ぼうよ

心のいちばん底流にある
考え方や価値観の
もとになるような感覚が
音をたてて騒ぎ出す

それはもうずっと以前に
気づかない顔のままで
人知れず凍らせていた
ある思いが溶けていく

瞬間

どんな出来事にも
その人その人なりの
理由が存在する

うまく言葉にならないときにも
言葉にしないと決めたときでも

「最後のわがまま」

おなじ時間を過ごしても
残っていくのは違う記憶
全部全部忘れないわ
楽しいことだけ覚えていてね

嫌いじゃないっていうことは
好きでもないっていうこと

好きじゃないっていうときは
嫌いかもしれないっていうとき

こわいけれど
少しだけ離れて
距離を縮める

という作戦

知りたいと思ってない人には
なにを話したって無駄だよ

あの一言を聞いてから
淋しい思いはつきまとい
その一言を聞くまでと
不安な気持ちに目をふせた

はしゃいでそうに見えたのは
知らなかったからではなくて
会えるということがただ
ほんとに嬉しかったから

今日という日まで
ほんのすこしでも長く

追いつめてはいけないわ
逃がしていいときだってあるんだから

たわいのない話を
とりとめもなくして
時間の流れるままに
ふたりは寄り添い合って
そのことがどれくらい
かけがえのないことかって
ふたりは別々のかたちで
いつしか忘れ去って

矛盾だらけで
おかしいよね
でも人の心って
そういうもんでしょ

このことに関して
これからはもう何もしない

こごえる夜空
ふるえる決意

理屈ではなく
あの人の思うところのすべてを
受け入れたいと思って
受け入れただけのこと

笑っていてほしかったんだ

これ以上はというような
稲穂のような恋心

あなたらしいあなたというのは
私が勝手に架空のなかに
作りだしているのかもしれない

だけど

いいときもそうじゃないときも
あなたの近くでずっと見ていて
あなたらしいと思うあなたのすべてが

私はとても好きです

大丈夫と答えることを
あなたは知っていて
それでも尋ねたことを
わたしは知っていた

何を言ってみたとしても
届きはしなかっただろう
肯定や否定のすべてが
心を波立たせただろう

それが
正しいとは思わない
だけど
よっぽどだったんだね

見たくないときは
見なくたっていいよ
見たくないってことは
心はもう知ってるってことだもの

イヤだと思うことは
いつかはやめなきゃ

なにかを守るため
人は嘘をつく
必要なのは
純粋な覚悟

あたりまえになっていたのは
私のほうだったのかもしれない
求められすぎると
誰だって息が詰まる

たくさんのいろんなことを
超えていけるようになった
あの人が教えてくれた
たくさんのいろんなことで

人にはそれぞれの感情がある
見えているものは
いつもほんのわずか

今ではできないこと
と
今だからできること

すべてが優しかった
その手のぬくもりのように
決して忘れはしない

この胸に焼きつけて
力一杯抱きしめる

大切にしていくからね

あなたがいれば
ただそれだけで

著者プロフィール

FUJIKO（ふじこ）

1969年、大阪生まれ。
大阪音楽大学卒業。
著書に詩集『心のままでいられたら』（新風舎）がある。

ただそれだけで

二〇〇二年七月一五日　初版第一刷発行

著　者　ＦＵＪＩＫＯ
発行者　瓜谷　綱延
発行所　株式会社文芸社
〒一六〇-〇〇二二　東京都新宿区新宿一-一〇-一
電話〇三-五三六九-三〇六〇（編集）
〇三-五三六九-二二九九（販売）
振替〇〇一九〇-八-七二八二六五

印刷所　株式会社　平河工業社

ISBN4-8355-4063-8 C0092